Colección libros para soñar·

Adaptación de Pilar Martínez

© de las ilustraciones: Marco Somà, 2012

© de esta edición: Kalandraka Ediciones Andalucía, 2013

Avión Cuatro Vientos, 7. 41013 Sevilla
Telefax: 954 095 558
andalucia@kalandraka.com
www.kalandraka.com

Impreso en Gráficas Anduriña, Poio
Primera edición: diciembre, 2012
Segunda edición: diciembre, 2013
ISBN: 978-84-92608-68-3
DL: SE 4195-2012

La gallinita roja

Adaptación de **Pilar Martínez** a partir del cuento popular

Ilustraciones de **Marco Somà**

Kalandraka

Érase una vez una gallinita roja

que vivía en una granja con sus polluelos.

En la granja también vivían un perro holgazán,

un gato dormilón y un pato muy jaranero.

Un día, la gallinita roja

andaba escarbando en el suelo

para buscar comida,

cuando encontró unos granos de trigo.

Y se le ocurrió una idea.

–¿Quién me ayuda a plantar estos granos de trigo?
–preguntó a sus amigos.

–¡Yo no! –contestó el perro holgazán.

–¡Yo tampoco! –dijo el gato dormilón.

–¡Ni yo! –añadió el pato jaranero.

–Bueno, pues lo haré yo sola.

Y la gallinita roja plantó los granos de trigo.

Las semillas germinaron y empezaron a crecer

unas espigas fuertes, altas y doradas.

Cuando el trigo estuvo maduro,
la gallinita roja preguntó a sus amigos:

–¿Quién me ayuda a segar este trigo?

–¡Yo no! –contestó el perro holgazán
que estaba descansando dentro de la casa.

–¡Yo tampoco! –dijo el gato dormilón
que se acababa de despertar de la siesta.

–¡Ni yo! –añadió el pato jaranero
mientras aleteaba de un lado para otro.

–Bueno, pues lo haré yo sola.

Y la gallinita roja se puso a segar

y segó hasta la última espiga.

Cuando ya tenía todos los granos recogidos,
la gallinita roja preguntó a sus amigos:

–¿Quién me ayuda a llevar estos granos al molino?

–¡Yo no! –contestó el perro holgazán.

–¡Yo tampoco! –dijo el gato dormilón.

–¡Ni yo! –añadió el pato jaranero.

–Bueno, pues lo haré yo sola.

Y la gallinita roja metió
los granos de trigo en un saco
y se fue al molino.

Cuando volvió con la harina recién molida,

la gallinita roja preguntó a sus amigos:

–¿Quién me ayuda a hacer pan con esta harina?

–¡Yo no! –contestó el perro holgazán mirando hacia otro lado.

–¡Yo tampoco! –dijo el gato dormilón sin moverse del sofá.

–¡Ni yo! –añadió el pato jaranero mientras nadaba en el estanque.

–Bueno, pues lo haré yo sola.

Y la gallinita roja amasó la harina,
colocó las hogazas de pan en el horno
y esperó.

Cuando el pan estuvo listo,

la gallinita roja sacó la bandeja del horno

y un olor delicioso se extendió por toda la granja.

El perro holgazán, el gato dormilón

y el pato jaranero se acercaron a la cocina.

Entonces, la gallinita roja preguntó a sus amigos:

–¿Quién me ayuda a comer este pan calentito?

–¡Yo! –contestó el perro moviendo el rabo.

–¡Yo también! –dijo el gato con las orejas estiradas.

–¡Y yo! –añadió el pato abriendo mucho
el pico.

–¡Ah, no! –dijo la gallinita roja–. Yo sola planté el trigo,

yo sola segué las espigas, yo sola fui al molino y yo sola cocí el pan.

Así que ahora...

¡me lo comeré yo sola con mis polluelos!

Y eso es lo que hizo.